모과의 귀지를 파내다

지혜사랑 298

모과의 귀지를 파내다

이영선 시집

지혜

시인의 말

길 저편에서

밀크캬라멜을 우물거리는 노인이 문득, *

손목시계를 본다

두 번째 시집을 써야겠다.

* 이경림 시인의 시 「밀크캬라멜을 우물거리며」에서 발췌

차례

1부

2부

3부

4부

5부

1부

가지 사이에서 자란 작은 새처럼 사람들이

이 도시의 밤은 붉은 십자가에 먼저 도착한다
그다음 기다렸다는 듯 러브모텔의 네온사인이 깜빡 깜빡
거린다
서쪽에는 왼팔이 잘린 십자가가 서 있다

그 뒷골목에 있는 화가의 작업실에 가본 적 있다
창과 창 사이에 낀 홍매화 꽃잎이 파르르 흔들리는데
무엇을 그렸는지 덕지덕지 덧칠해진 그림 위로
붉은 나비 한 마리 날고 있었다

천왕선녀 점집 붉은 불빛이 사직산로 아래까지 번져 간다
이혼 하고 싶다고 주저앉아 우는 여자, 사업 망하고 허구
한 날 술만 마시는데 어디가야 귀인을 만나냐고 다그치는
남자,
그들의 눈을 마주하고 천왕선녀가 술술 주문을 외우면 신
이 접신하여
호통치고 겁박하고 얼래고 달래고 한다는데 영험하다는
소문에 굿판도 자주 벌이고 날마다 방울 속 놋쇠 부딪히는
소리가 골목을 돌아다닌다는데
지금 막 내림굿을 끝냈는지 마당 한편에 떡이며 과일 그
득하고
무의를 입은 여자가 검은 철제 대문을 비죽이 열고 나간다

대문 앞을 기웃대던 노인이 검은 비닐봉지를 들고 골목길
을 올라간다

　　도시의 골목은 검은 가지처럼 자라고
　　가지 사이에서 자란 작은 새처럼
　　사람들이 숨어들고 있다

황금박쥐를 찾아서

함평엑스포 공원 입구에 서서 이정표를 스캔하고
황금 박쥐상이 있다는 추억의 공작소를 찾아 간다
25만 마리 나비가 봄꽃을 배경으로 춤을 추었다는
나비 정원을 지난다
어느 비둘기가 박제된 나비 날개에 똥을 누었는지
인부들이 걸레로 박제 나비들을 닦고 있다
미술관 앞 작은 무대에서 기타를 치며 노래하는 여자가
윙크를 한다
바닥에 놓인 기타 케이스에 지폐 한 장이 비죽 나와 있다
그녀의 뒤로 희미하게 작은 건물이 보인다
사람들은 머리에 꽃을 꽂은 여자들을 따라 거대한 꽃탑
을 돈다
인형을 안고 있는 여자아이가 아이돌처럼 춤을 추고
여자아이 뒤를 따라 할머니 둥근 몸이 덩실거리고
아빠 목에 목마 탄 아기가 양팔을 들고 환호한다
꽃탑에서 분사되는 물보라가 그들을 따라 돈다
그 사이 추억의 공작소가 사라졌다 나타난다
무거운 카메라를 들고 있는 남자에게 추억의 공작소를 묻
는다
그는 150억이나 하는 황금 덩어리가 축제 끝난 곳에 있
을 리
없다고 단호하게 대답한다

휴대폰을 켜고 엄지와 검지로 이정표를 쭈욱 늘인다
추억의 공작소는 지금 검지 아래 있다

지난밤 나비 축제는 끝났다 한다

감단 근로직

10리터 물통이 온수기 위에 물구나무 서서 면벽하고 있다
— 이 물 아침에 온 건가?
거꾸로 박힌 물의 시간을 의심하는 그가 온수 꼭지 밑에
사발면을 들이대고 빨간 코크를 누른다
급히 빠져나오려던 물이 물통 속에서 큰 멍울로 솟구치다
가 한 사발 만큼의 물만 빠져 나간다
사발면이 스티로폼 그릇 속에서 탱탱하게 부풀어 오른다

라디오에서 정오의 음악이 나른하게 흘러나온다
쭈뼛거리며 탕비실 문을 연 물류 기사가
— 새벽같이 달려도 기름 넣고 할부 내고 나면 굶어 죽겠네
운임이 적어도 너무 적어, 커피 한 잔 사 마실 돈이 없네

일회용 커피 믹서에 한 잔의 물이 또 빠져 나간다
바닥에 몇 방울 떨어진 커피가 말라가는 사이
몇 번의 문이 열리고 닫히며 몇 사람이 들락거리는 사이
투덜거리던 그가 어느새
입에 종이컵을 새처럼 물고
손을 까딱까딱 거리며 17톤 트럭에 앉아 있다

물 한 병이 사발면 한 그릇이 되고, 커피 한 잔이 되고, 누
가 떨어뜨렸는지 모를 얼룩 한 방울이 되는 동안

켜켜이 쌓인 한 병의 물들이 각각의 이름으로 몸 바꾸는
동안

감단 근로직인 그 물통,
텅 빈 채 물구나무 서 있다

소리들

거뭇게 밀려오는 파도처럼 아스팔트가 출렁거린다
회전교차로 앞에 선 남자가 버려진 슬리퍼를 밟고 휘청
인다
그는 혀를 길게 늘어뜨린 안내견의 목줄을 바싹 잡아당
긴다
또각거리는 하이힐 소리, 옆으로 밀려나고
안내견 목줄에 달린 방울소리 끼어들고
검은 플라스틱 챙모자를 쓴 청년이 배달 오토바이의 경적
을 울리며 간다
끼이익 급정거 하는 자동차 소리, 차문 열고 내뱉는
날카로운 여자 소리,
어느 자동차가 켜고 지나가는 음악 소리가 아스팔트에 쩍
쩍 달라붙는다
— 한 번 왔다 가는 인생아
아모르파티!

그 무엇에 이마를 부딪친 사람처럼
그가 비틀 뒷걸음친다

반대편에서 달리는 차들의 엔진 소리가 잠시 포개졌다가
다시 멀어진다
상가 옆 골목에서 왁자지껄 사람들 쏟아져 나온다

\>

그 속에서 그는 소금기둥처럼 서 있다
등 뒤에서 나타나 오른쪽으로 돌아가는 소리,
앞에서 몰려 오는 소리, 소리들
소리의 파도가 발목까지 차오른다
아스팔트 위를 걸어가는 사람들이
소리의 파도에 첨벙첨벙 잠긴다

차르륵 차르륵

길 건너에 헛개나무 한 그루 서 있다
잎들이 잎들 위에 누워 잠든 듯 고요하다
무수히 많은 잎들 속에서 불쑥 작은 잎 하나가 들썩거린다
바람의 장난인가? 그러면서
어제 본 낮달 때문인가, 그러면서
밤새 이슬에 취해 울던 멧새의 흔적인가, 그러면서

나뭇잎은 줄기 끝에 매달려 빙그르르
제자리를 돌다 옆 가지에 부딪히더니 온몸을
발랑발랑 뒤집는다 풍경처럼
차르르륵 차르르륵
흔들린다

느닷없이, 어제의 초록을 묻힌 승용차 한 대가 경적을
울리며 지나간다
빵. 빵. 빵
초록을 먹어치우는 소리 요란하다
초록으로 가득한 차가
기우뚱 기우뚱 산허리를 돈다

화면 속

두유가 뭉글뭉글 엉기고 있는 솥단지에 미꾸라지 요동
치고 있다 끓는 물에 두부와 미꾸라지를 넣으면 미꾸라지
가 차가운 두부 속을 파고 들어가 추두부가 된다는 문헌이
자막으로 뜬다

SsS&SssSSS&&SssSCSCUCS&&§QCSS&¿§
미꾸라지들이 휘고 있다 온몸으로
휘고 있다
펄쩍펄쩍 뛰다가 뒹굴다가
검은 살갗이 다 벗겨진다
두부의 흰색이 유난히 밝다 무슨 함정처럼
저 부드러운 것이?

면포를 깐 두부틀에 미꾸라지와 엉긴 순두부를 넣고
무거운 돌로 누른다 그것들이 뭉쳐지고 있다
미꾸라지의 감옥은 두부인가
시퍼런 칼이 두부를 자른다
속살에 스며든 미꾸라지가 보인다
저 네모난 두부는 무슨 집일까?
덫일까?

문득 현관 앞에 발자국소리 멈춘다

환청일까?

달그락 달그락

넓은 마당 한구석에 돼지우리가 있었다 그 옆 감나무의
감꽃이 양철 지붕을 또르르 구르다 바닥에 떨어지곤 했다
  거기서 동쪽으로 쓰러질 듯 변소가 있었고
  어디선가 달걀귀신 외발 귀신 팔 없는 귀신들이 툭 뛰어
나올 것 같아 쭈뼛 머리칼을 세우며 갈 때
  그 옆에서 꿀꿀거리던 돼지 삼 형제 있었다

  돼지들이 꿀꿀이 죽을 먹으며 꿀꿀거릴때
  죽을 흠뻑 뒤집어쓴 머리를 푸르르 떨 때
  밥풀이 돼지 엉덩이로 옮아 붙을 때
  동그랗게 말린 꼬리가 올라갈 때
  마당 한편에 앉아 꿀꿀꿀꿀 따라 놀던 여자 아이도 있었다

  어느 봄날,
  오줌을 지리며 아기 돼지 삼형제 경운기 짐칸에 실려 팔
려 갈 때
  아지랑이 너머로 돼지우리 속 꽥꽥거리는 엄마 돼지 울
음 들렸다

  그 장면은 잘라 내고 잘라 내고

  그런데 이 아파트의 달걀귀신은 왜

늦은 밤이면 벽 속에서 달그락거리나
빨간 종이 줄까 하얀 종이 줄까 노비타 비데로 줄까
근데 언제부터 종이 귀신은 비데 귀신으로 진화했는가

화장실에 앉아 위층에서 물 내리는 소리 듣는다
열린 대문 밖으로 아기 돼지 삼형제
꾸룩꾸룩 빠져 나간다

공용 터미널

터미널에 버스들이 점점 불어난다
직사각의 버스들은 숲처럼 부푼다
동서울행 표지판 앞에 줄 선 사람들이
→ 수원으로 가는 곳 까지 이어진다
제천행 버스가 경적을 울리며 빠져나간다

그 앞에 백팩을 맨 남자가 깡통을 차며 간다
깡통은 블록 턱에 부딪혀 이쪽으로 굴러온다
속에서 뭔지 끈적이는 노란 것이 쏟아져 나와
제각기 흐르다가 한 오목한 곳에서 다시 몸을 합쳐
질펀하게 고인다
— 저것 봐 어떻게 변할지도 모르는 것들처럼
우리도 뭔지 알 수 없는 모양으로 아등바등 살지
힐끔거리는 눈빛들이 버스 안으로 빨려 들어간다
찌그러진 깡통 속으로 후루룩 꽃잎 하나 날아들고
멋모르는 까막 노래기 한 마리가 그쪽으로 기어간다

버스의 앞바퀴가 깡통을 밟다가
덜컹 멈춘다
열리지 않는 창가에 앉아 누군가 이쪽을 보고 있다

>

유효기한 2024.04.26.

진 천

9,200원

어리둥절 표 속의 노선을 살피는 사이
티켓 절취선이 뜯어지고 있다

여우비

낮은 담벼락 안 처마 끝에 한 노인이
손을 내밀어 자분자분 내리는 비를 쓰다듬고 있다
들고 있는 호미 끝에 젖은 흙이 묻어 있다
항아리 덮은 비닐에 미끄러지는 빗소리

시시비비
시시비비

언제 떨어졌는지
혹쐐기풀 시퍼런 톱날에 분홍 꽃잎들이
납작하게 드러누워 있다

느슨한 빗줄기에 꿰어져
움찔움찔 대문을 빠져 나가는 것들도 있다
낮은 턱을 넘은 분홍들은
배수로 철망 앞에 복작복작 모여들어
널브러진 꽃잎들 사이에 고인다

먼저 도착한 것들이 배수로 속으로 몸을 구겨 넣는 것이
보인다
막 방지 턱을 넘어온 것들
잠시 발밑을 적시다가 어딘가로 간다

>
잠깐 빛 속에 든 비들이 까불까불
온 동네를 쏘다닌다

장날 2

녹두전이 납작하게 눌리고 뒤집히는 동안
무쇠솥에 순대국이 끓어 넘치고
장바닥에는 뒤엉긴 소리들이 흥청거린다

테이프가 친친 감긴 끌차 앞에
허리가 구부러진 노인이 알록달록 수세미를 뜨고 있다
끌차에 실, 바늘, 가위, 목장갑, 고무줄 등이 치렁치렁
늘어져 있다

이거 얼마예요?
지나가던 여인이 물어도 본척도 않는다
다 훔쳐 가도 좋아
하듯 입술 주름이 꿈틀거린다
마디만 남은 그녀의 손이 장 구경 온 아이처럼
팔딱거리며 수세미를 뜬다
장미, 해바라기, 튤립, 맨드라미, 카네이션, 작약꽃
모양의 수세미들이 바구니 가득 쌓이고 있다
뿌리 내리지 않은 꽃모종을 줄 세운 듯

머뭇거리며, 잠깐 멈춰 서서,
바라보는 사람들

\>

해거름이 되어서야
하루를 갉아먹은 그녀의 코바늘은
실타래에 깊숙이 꽂힌다

까치

누암리 사적 다-11호 봉분을 건너는
까치 한 마리 항문을 조인 듯 날아간다
죽은 가지는 가벼운 듯 무거운데
앙다문 부리 사이 침이 미끄덩거린다
서쪽 구릉에서는 하마터면 가지를 놓칠 뻔도 하였다
까치는 아스라이 남한강이 내려다보이는 이곳에
둥지를 짓느라, 깍깍거리며
겨우내 소나무를 맴돌았다

날이 어두워지고 짓다만 둥지에 앉아 졸고 있을 때
별빛 희붐한 벽 틈으로
휘이익, 지나가는 바람 속에
어떤 목소리 들리는 듯 하였다

신라 귀족의 무덤이라는 다-11호
시간의 틈새로 도굴꾼처럼 기어들어
청동 장식을 한 그의 옆에 앉아 금동 귀걸이나 찰랑거려
볼까나
천 년 전 어느 영혼들의 애무를 훔쳐나 볼까
어두운 석실에 반짝이는 흰 빛처럼
흙으로 빚은 고배처럼

＞

까치는 꼬리를 치켜들고
부리로 콕콕 별빛을 쪼아댄다

오리야, 오리야

구름에 가지 끝을 드리우고 새를 낚는 늙은 소나무
잔가지 물어 나르던 까치들은 보이지 않는데
죽은 가지에 쌓였던 눈더미들 뭉텅뭉텅 떨어진다
다이소 오리 집게 속에서 나온 고만고만한 눈오리들이
호숫가에 하얗게 줄 서 있다

뾰족이 내민 주둥이로 막 눈을 집어삼키려는
오리야, 오리야
까마득 달려드는 저 눈발 속으로 아득히
아득히 날아보렴

어쩜 파닥거리다 달아날 것만 같은
오리야

새해 첫날

툭 터진 석류 껍질을 비집고 움찔움찔 붉은 즙이
흘러나온다
냽름 혀로 핥다가는 낄낄대는 개 한 마리
붉은 침이 목으로 가슴으로 가랑이 사이로 튀어 대는데
절레절레 고개를 흔드는 개의
가랑이 사이로 비죽이 서는 그것
석류 훔쳐먹은 죄가 좀처럼 누그러지지 않는다

화살나무 사이에서
자작나무 사이에서
사철나무 사이에서

어떤 붉은 것이 발걸음마다
흔들린다

기억 속으로

암청색 바탕 위에 희고 동그란 패턴들이 캔버스 가득하다
그를 M이라 부르기로 하자

M은 종이비행기에 수많은 창문을 그린다

비행기는 없고 동그란 창문들만 남아 눈동자처럼
캔버스에 다닥다닥 붙어 있다

바람의 소용돌이에 이리저리 몸을 바꾸던 구름이
투명한 창에 들이친다

희게 짧게, 분홍으로 짧게, 하늘색으로 희끗희끗
시간 속에서 오래전 허공이 된
알 수 없는 흔적들이 너덜너덜 덧칠해져 있다

새파란 침묵이 울컥 쏟아져 내릴 듯하다

M, 그가 날린 수많은 비행기들은 다 어디로 가나
창들은 모두 어디로 열려 있나

지하도시

지하실 바닥에 빨간 꽃무늬 타일을 붙이다가 보았어
피리 구멍 같은 창들에 희미한 빛이 새어들고
천장에 간신이 매달린 전등이 불안하게 깜빡거렸어
지하실을 벗어날 수 없는 바람은
이 벽 저 벽 부딪히다 더 차가워지고
구석에 세워둔 마대 자루가 곰팡내를 풍겼어
금방이라도 성큼 걸어와 덮칠 것 같이

눈을 감으면 지하실 문은 철컥 잠겨 버릴 것 같았어
제기랄 전등 스위치는 어디 있는 걸까
한 칸씩 내려갈 때마다 계단은 아래로 아래로 자라고
나는 캄캄한 벽을 더듬거리며 한 번도 본 적 없는
거인을 만나러 갔어

2부

안개

깜깜한 강물 속에서 한 올 한 올 풀어져 나왔는지
안개가 흐느적거리며 다리 난간을 감고 있다

강의 허리를 졸라매던 다리가 뭉그러지며
흐물흐물 자동차 헤드라이트 속으로 들어간다
안개가 파도처럼 자동차 유리를 친다
앞이 보이지 않는다

하마터면 앞서가던 너를 놓칠 뻔했다

안개를 따라간다
안개는 뭉그러진 골목을 다시 뭉그러뜨리며
불 꺼진 창문 앞을 어른거리며
버려진 화분 속에 숨다가
붉게 불 켠 십자가를 빙빙 돌다가
끝내 길을 잃는다

안개 속에서 막 사랑을 시작한 슈나우저 한 쌍이
검은 비닐봉지처럼 부푼다

결혼이라는 상자

유리 벽 앞에 복사기 한 대 있다

새하얀 A4 용지에 빼곡하게 쓰인 글자들이 검게 벌어진
아가미 속으로 들어간다
환한 빛이 지나갈 때마다 더듬이가 글자들을 더듬고 있다
거짓말을 못 하는 그의 속에서
복사된 말들이 백지 위에 까맣게 뱉어져 있다

— 너는 나를 복사해도 괜찮아

온몸에 환하게 불을 켜고 나와 네가 서로를 읽어내는 동안
한 생이 다 지나가도 좋아

복사기 속에서 종이와 글자들 소곤대는 소리 들린다

등이 결리다

밤, 등이 결린 채 잠에 든다
꿈속까지 매미 울음 들린다
나는 연신 뒤척이며 머리를 흔든다
머릿속에서, 매미들이 서로 부딪힌다
어떤 매미의 커다란 얼굴이 내 입속으로도 쑥 나온다
맴 맴 맴 맴 아랫입술이 윗입술에 가 닿을 때
주먹이 살짝살짝 쥐어지고 손바닥에 땀이 베어난다

가문비 숲 사이로 빠져나온 빛이 뽀얀 길을 만드는 아침
으름덩굴 아래서 매미가 운다

끼이이이이이

배롱나무 붉은 꽃잎 사이
언뜻언뜻 비치며 말매미가 운다
강변 버드나무 작은 잎에 매달린 애매미의
날갯소리 들린다

자주 꾸는 악몽처럼
그들도 말하는 법을 모르는 것일까

움푹 파인 베개에 매미 울음이 드러누웠다

슬픔은 왼쪽으로 기운다

눈 위에 찍힌 새의 발자국에 내 발자국이 겹치네
왼쪽 발자국에 겹친 것들은 더 깊이 숨네
습기 빠진 얼음꽃들이 잔가지에서 떨어져 눈처럼 흩날리네
햇빛에 반짝거리며 허공으로 숨네

눈 덮힌 자갈들은 바둑알 같고
검은 무늬 새떼들은 물과 얼음의 경계에 서 있네
강물에 떠 있는 백조들은 고요하네

그 희디 흰 고요 위로 돌멩이 하나 던져보네
화르륵
새떼들 날아오르네

청금정 근처라 했네

월북해서 돌아오지 않았다는
모밀꽃 시인의 시비가 있다 했네

나비가 정물이 되는 5초

얼기설기 엮은 바구니 속에 노랗거나 푸른 모과가 쏟아질
듯 가득하다 탁자 위에는 익은 것도 안익은 것도 같은 호박
몇 개, 더덕더덕 흙이 말라붙은 감 자 몇 개, 금방이라도 주
르륵 흘러내릴 것 같은 홍시 하나가 역삼각형으로 놓여 있다
　일부러 구겨놓은 듯한 흰 탁자보가 기울어진 탁자를 가
리고 있다

투명한 빛살이 홍시를 통과하고
껍질 속 살점이 붉게 비친다

터질듯한 홍시의
짙은 그림자가 곧추서 있다

어디선가 날아든 나비 한 마리
안쪽은 표범무늬, 바깥쪽은 낙엽색, 어찌 보면
짙은 갈색 같기도 한, 뒷날개에 C자 무늬가 있는

네발나비 한 마리
홍시의 벌어진 살 속으로 막 입을 밀어 넣고 있다
접었다 폈다 부산스런 5초의 날갯짓이
누군가의 캔버스에 갇혀 있다

불을 끄고 TV를 켜다

불을 끄고 TV를 켠다

드라마 속 의사들이 나누는 대화가 누워있는 노인의 침대 위를 자막으로 지나간다

어른거리는 글자들 사이로 패혈증이란 글자가 지나간다

짙은 어둠이 창밖을 지나간다

고양이처럼 웅크리고 앉아서 그는 채널을 돌린다

화면 가득 축구장이 펼쳐진다

한 손에는 캔맥주를, 다른 손에는 마른오징어 다리를 들고 그는

웅크렸던 다리를 길게 뻗어 공 차는 시늉을 한다, 금방이라도 화면 속으로 뛰어들 것처럼

그가 응원하는 파란 티셔츠는 아직 한 골도 못 넣었다

화면 속 공이 바닥을 뒹굴 때 또 그는 머리를 들이밀고 해딩을 하다가 빨간 티셔츠 선수를 툭 치며 밀어낸다

창밖에서 유난히 시끄러운 어둠이 들썩거린다

나는 창밖의 어둠 속을 휙휙 날아다니는 축구공들을 본다

빨갛게 불켜진 십자가들 사이를 축구공이 날아다닌다

어떤 공이 5층 연립 불 켜진 창으로 골인하는 것이 보인다

그가, 다 마신 맥주캔을 휴지통으로 던진다

골인이다

얼굴을 벌거벗고

가구점 옆 작은 공원 매화나무에 꽃들이 활짝 피어 있다

매화나무야—

분홍 꽃을 내밀고 가만히 서 있는 나무의 이름을 불러 본다
환한 꽃에 벌들이 붕붕거린다

문득 이 꿈에서 깨어나 연두 같은 것으로
부풀어 오르고 싶다

다닥다닥 열린 열매 위를 데구르르 구르고 싶다

꽃의 구멍에 벌이 혀를 파묻다가 침으로 콕콕 찔러본다
무슨 구멍인가 메우고 있는지도 모른다

들고 있던 시집의 페이지를 펼쳐 놓고
ㅇ이나 ㅁ의 속을 까맣게 칠해 보는
그런 이상한 놀이를 하던 날 있었다

마스크를 벗고 목을 뒤로 젖혀
얼굴의 구멍들을 활짝 드러내고 하늘을 본다
유난히 엉덩이가 큰 벌 한 마리가 앵앵거리며 날아든다

문득,

샤워기의 물줄기에서 지난겨울 다녀온 여궁폭포를 본다
나는 벌거벗고 쏟아지는 물줄기를 맞는다
폭포의 가파른 빙벽에 붙은 붉게 찍힌 잎 하나 클로즈업
된다

바닥까지 얼어버린 폭포는 흰 기린처럼
하늘을 향해 고개를 들고 있었다

허공을 찢으며 쏟아지던 그 물줄기는
지금 어느 시간의 틈에 끼어 얼어 있을까

기린의 꼬리 중간쯤에 붉은 잎 하나 붙어 얼음의 시간을
견디고 있다

귀찮던 딱따구리가 가랑비가
제멋대로 날아와 팔랑거리던 갈참나무 이파리가 칼바람이
얼어붙은 한 붉은 잎을 지나고 있다

뜨거운 김이 욕실 유리를 하얗게 가린다
쏟아지는 물줄기 속에서
얼어붙은 그 붉은 이파리처럼 나는

실눈 뜨고 구름을 보다

구름이 몸을 둥글게 만다 구름이 허공의 푸른 바닥을 뒹
군다 구름이 풀잎에 박힌다 철퍼덕 주저앉아 풀을 핥는다
　길 끝에서 하얀 운동화가 다가온다
　그녀가 구름에게 흰 손을 내밀자
　구름은 그녀의 어깨를 다독이다가
　얼굴을 핥는다

　구름아, 이제 그만 저기 저 이팝나무 아래로 가자

　거기서 서쪽으로 더 가면 한때 버들솔새가 집을 지었던
키 작은 덤불이 나오리

　그때, 구름은 버들솔새 하얀 알을 품고 덤불 속에서 잠들
었을지도 몰라 꿈처럼 버들솔새 한 마리 날아와 구름의 엉
덩이를 콕콕 쪼다가
　잠든 구름의 귀에 대고 뭐라 지저귈지도 몰라

　새 울음에 잠이 깬 구름은 한쪽 다리를 들어 올려 덤불 속
으로 오줌을 갈기고 후룩 날아갈지도 몰라
　날아가 오래 안 올지도 몰라

모과의 귀지를 파내다

모과에 핀 얼룩을 손으로 쓱쓱 문지르니
점액질이 끈끈하게 배어 나온다
얼굴에 핀 검버섯처럼
지워지지 않는 얼룩이 반짝거린다

모과의 귀에 면봉을 깊숙이 넣으니
갈색의 가루가 묻어 나온다

너는 그것이 벌레의 똥이라고 우기고
나는 달빛을 밟던 고양이들의 발소리라 하고
천둥소리에 놀라 날아들던 새의 날갯짓 소리라 하고
새벽바람에 잔가지 서로 부딪던 소리라 하고
첫서리 내려앉던 아침 새끼 고라니 울음소리라 하고

면봉으로 조심스레 그것들을 끌어내니
온갖 소리들 잠잠하다
구멍이 깊다

구멍 속에서 노란 벌레 한 마리가
향내 가득한 사막을 건너고 있는 것이 보였다

입춘 지나고

첫 비 내리네
오른팔로 오렌지 재스민을 안고 왼손으로 우산을 든 여자
가 원룸에서 나오네
빨랫줄에 매달린 노란 장화가 공중을 걷네
비 맞은 파란 새가 은행나무 높은 가지에서 우네

벤치 옆 화단에 버려진 드라세나 화분에 빗물 고이네
잎사귀 뒤 길게 휘어진 잎맥이 가늘게 찢어지네
너무 말라버린 것들은 왜 검어 보이는지

이파리들은 일제히 비를 향하네
오렌지 재스민의 초록 이파리 틈에서
시들어 가는 잎을 솎다가
손에 묻은 풀물을 드라세나에 슥슥 닦으니
말라가던 잎이 불현 부풀어 오르네

매화인지 명자인지 모를 꽃이 그려진 여행
가방을 끌고 한 사람 지나가네
바퀴 소리가 잠시 골목을 빠져나간 뒤

오렌지 색 재스민 화분을 든 그녀가
원룸으로 들어가네

\>

말뚝을 맴도는 염소처럼

거짓말 게임

우리는 다이아몬드 무늬 타일로 외벽을 한 파랑새 아파트
의 꼭대기
펜트하우스에 살아요
엔진이 있는 이 방은 어두울수록 환하죠
그 아래로 백 개의 창이 연결된 열차처럼
환하게 불을 켠 방들이 지하 새벽으로 달리지요

우리는 날마다 한 번도 먹어 본 적 없는 것들을 먹고살지요
체리 씨같이 붉은 시간을 툭툭 뱉으며
구름에 송송 구멍을 내는 시간을 눈으로 따라가지요

비 그치면
창을 활짝 열고

부리가 넓적하고 깃털이 연분홍인
슈빌이라는 이름의 황새 한 마리 날려 보내지요

구두코 모양의 부리로
커다란 메기 한 마리 물고 오라고

씨앗 몇쯤은 거꾸로 박혀 싹을 틔우라고
처음 보는 나무가 젝크의 콩나무처럼 쑥쑥 자라

푸른 뱀 한 마리 보여달라고

우리는 날마다 새로운 구름을 만들지요

반계리 은행나무

팔백 살 먹은 나무를 만나러 갔네
'케케묵어 거무죽죽한 껍질하고
다 썩어 구멍 숭숭 뚫린 몸뚱이 하고
제멋대로 갈라진 괴기스러운 나무의
그 무엇을 보겠다고 갔네'

노란 이파리들을 보고
'야, 올드가 아니라 골드네'
사람들은 환호했네

나는 멀찍이 있는 들마루에 누워
나무처럼 서 있는 사람과
그 뒤에 있는 까만 아기염소와
눈앞의 구름을 보다가 잠이 들었네

— 다시 또 누군가를 만나서 사랑을 할 수 있을까?
꿈처럼 한 노래가 지나가고

어디서 나타났는지 드론 한 대가
얼굴 위를 요란스레 돌다가
잠든 나와 아기염소를 돌다가
제 잎으로 제 그림자를 덮고 있는 은행나무를 돌고 있었네

>
드론의 눈 속에 그 모두가 뒤섞이는 순간이
황급히 지나가고 있었네

시글시글 끓다

시시콜콜 회원들이 메기 매운탕 집에 모였다
모든 민물고기는 된장을 좋아한다지요
진실만을 말하기 위해 술을 마신다는 그가
펄펄 끓는 매운탕 속에서도 입을 벌리지 않은 조개를 골
라낸다
조개가 묵언수행 중이라는 A 시인의 시가
빈 양푼에 땡그랑 담긴다
봉숭아 물들인 가느다란 손이 냄비 속을 들락거린다
그는 젓가락을 수직으로 세워 메기의 등을 꽂는다
좌로 찌르고 우로 빙빙 돌리며 허물어진 살을 파헤치고
갈비뼈에 붙은 살을 훑어 내린다
지느러미가 축 늘어진다
고향에서 도시로 헤엄쳐 온 B 시인의 시가 뚝뚝 부러진다
술 앞에서는 누구나 막걸리 잔의 크기만큼 웃는다는 그는
연거푸 막걸리 잔을 들이킨다
사람들이 웃고 있다. 웃음들이 킥킥거리며 뒤죽박죽 섞
인다
웃음들이 이곳 저곳에 들러붙는다
조개들이 빠져나간 빈자리에 웃음이 시끌시끌 끓고 있다

클로즈 업

　지난달에는 영주 무섬천에서 악어가 출몰했다는 기사가
나오더니
　며칠에 걸쳐 샅샅이 수색해도 찾지 못했다고 하더니
　오늘은 아프리카에서나 산다는 사바나 왕도마뱀이 영주
원당천 근처에서 포획되었다고 미용실 티비에 왕도마뱀이
클로즈 업 된다

　누군가는 무섬천에서 살던 악어가 원당천에서 왕도마뱀
이 될 리 있겠냐 어처구니 없어하고
　파마를 말던 y가 애초에 왕도마뱀을 악어로 잘못 본 거
아니겠냐 히죽거리고
　우두커니 앉아있던 털보는 키우다 탈출한 것 아니겠냐며
꼬리 몇 토막은 무섬천 갈대숲에서 악착같이 자라고 있을
거야 그믐달이 기울면 회색빛 긴 꼬리를 흔들며 마을로 들
어 갈 테지 하며 너털웃음을 터트리고
　놀란 아이는 으앙 울음을 터트린다

　아이의 맑은 눈물이 툭툭 떨어진다
　바닥에 흩어진 노랑, 갈색, 검은 머리카락이
　움칠움칠 기어 다닌다

3부

초파리의 하루

나는 축축한 곳에 앉는 습관이 있다
보이지 않는 물방울들이 무게를 가지는 습한 날이 좋다
나는 그녀가 마신 커피 얼룩이 묻은 종이컵 속으로 뛰어든다
냉장고 돌아가는 소리, 에어컨 소리, 전화벨 소리, 그 사이
무슨 경고음 사이로 그녀의 목소리가 들린다
나는 끈끈한 종이컵 벽면을 지그재그로 뛰어올라 주위를 본다
여자가 목을 앞으로 쭈욱 늘이고 자판을 두드리고 있다
표정 없는 그녀의 조금 벌어진 입술에 슬쩍 앉아본다
음식 냄새가 난다
이미 상했거나,
상하고 있거나,
아직 상하지 않은 날것들이
그녀의 입술에 얹혀 있다

다시, 포르르 날아
누가 먹다 남긴 바나나 속으로 파고들어 간다
끈적거리는 과육들은 위험하다
그러나 어차피 안전한 곳은 없다

다시, 그녀의 빨간 눈앞에 어른거리기 시작한다
날고 있어도 사방이 바닥이다

창밖에는 쉴 새 없이

501호 열린 창에서
담배를 쥔 손이 나타났다 사라진다
강원도 횡성으로 경북 영주로 경기도 파주로
몇 십 년 객지를 떠돌다 4월에 이사 왔다는
그가 내뱉은 둥근 도넛 모양의 담배 연기가
녹슨 베란다 난간을 넘어 간다
지나가던 바람이 도넛 하나를 잡아
가지 사이 새 둥지에 얹어 놓는다
그 밑에서 아기새들은 날개를 파닥인다
바람이 도넛 하나를 툭 치고 간다
도넛은 길 가던 노인의 머리카락에 척 붙는다
노인이 잔기침을 한다
바람은 도넛을 길게 늘이며 이리저리 끌고 다닌다
도넛은 이삿짐 사다리차에 부딪치며
흐느적거리다 사라진다
이제는 보이지 않는 그것은
501호 남자의 폐 속 깊숙이 가서 흑점 하나 남겼을 그것은

제 길마저 헝클어뜨리며 너덜너덜 나왔을 그것은
그 무엇에도 닿지 않은 소리 같은 그것은

혹, 내 콧구멍으로 스며드는 그것은
몸도 없는 것이 독한 냄새를 풍기는 그것은

빗물이 산딸나무 꽃잎에 머무는 동안

당신은 오늘 뭘 했나요

휘파람 불었지
그때 먹구름이 흰 구름을 앞질렀지
제비 두 마리가 먹구름 속을 자꾸 파고들더니
구름이 어수선히 출렁거렸지

―저 진짜 독해져야 한다고요. 이러시지 마세요
그러시면 제가 자꾸 기대고 싶잖아요

티비에는 낯익은 여배우가 외치고 있는데
그녀의 커다란 눈에서 금방 눈물이 떨어질 것 같은데
나는 질끈 눈 감고 휘파람만 부는데

담장 너머 키 큰 나무나 보고 있는데
수백 마리 나비 떼 앉은 듯
하얀 포엽들 흔들리고
포엽 사이로 젖은 안개 흘러나오는데
우두커니 서서 나는 휘파람만 불었지

희디흰 네 장의 포엽을 가리키며 당신은
산딸나무 꽃이라고 귓속말하던 날 있었지요

거기 앉아 있던 벌 한 마리도
그걸 꽃이라 믿은 걸까요

저 산딸나무 검은 가지도 꽃인 적 있었을까요

그사이 창밖은 환해지는데

새 한 마리 유리 문에 머리를 박고 비틀거리다 달아난다
자작나무 사이로 달아나는 새
가지 뒤로 그림자를 숨기는 새
소나무로 옮겨 앉은 새
나뭇가지를 오르락내리락하는 새
콕콕 가지를 쪼아대는 새 갈 곳이 없는 듯
빈 둥지를 기웃거리는 새
멀어졌다 가까워졌다 아무 데나 날아보는 새
방금 **빠**져나간 이쪽을 쳐다보는 새
날개를 접었다 폈다 파닥거리는 새
초록 잎에 흰 눈썹을 비비는 새
나뭇잎에 하얀 영혼을 묻히고 곧 다시 날아 올 것 같은 새
알 수 없는 얼굴로 아무 데나 날아보는 새

그리하여 다시 돌아오는 새
구멍으로 가벼운 영혼이 줄줄 흘러나오는 새
아무 데나 사라질 것 같은 새

이팝나무를 스적거리며

바람 부네
무더기로 자라난 토끼풀 위로
이팝나무 하얀 꽃잎 툭 떨어지네

그때 너는 토끼풀 앞에 웅크리고 앉아
세 잎 클로바 사이 숨은
네 잎을 찾아 두리번거리고
없는 네 잎이 무수한 세 잎들을 둘러앉히고
은밀한 말들을 속삭이고 있는지 모른다 하고
네 잎 클로바를 먹은 토끼가 초록 무늬 새끼
열 마리쯤 낳을지도 몰라 중얼거리고
거짓말 같기도 참말 같기도 한 그 말이
토끼처럼 빨간 눈 속에서
나올지도 몰라 하고

그러나
구름은 가만있지 않고
거기 우리 말고는 아무도 없고

그림을 그림으로 가리다

어디서 주워 왔는지 기억나지 않는 모과가
냉장실 깊숙한 곳에서 흐물흐물 청이 되어가고 있는 것을
본다든지

연분홍 모과 꽃이 드문드문 피어 있는 것을 본다든지
작년 가을 가지 끝에 노랗게 흔들리던 그 모과가 기억난
다든지

한 계절이 지나고 나서야
문득, 그리다 만 캔버스의 노란 모과가 기억난다든지

샛노란 오토바이가 붕붕거리며 골목을 기어오른다든지
파란 공이 데구르르 골목을 내려온다든지

그 여자가 노랗게 그렸던 모과의 가장자리에 파란 물감을
덧칠한다든지

파란빛이 감도는 동그란 모과에 살짝 가린
길쭉하고 울퉁불퉁한 모과 하나를 더 그린다든지

파랑 위에 노랑, 노랑 위에 주황, 주황 위에 펄이 들어간
황갈색을 덧칠한다든지

수북이 쌓여 있던 낙엽들에 하얀 국화 꽃잎을 빽빽하게
그린다든지

어쨌든 여자는 그림을 그림으로 가린다

정방사 가는 길

오래된 매점 앞을 지나 언제나 있던 것 같은 그저 그런 작은 다리 하나 만난다 갈색 줄무늬가 있는 작은 다람쥐 두 마리 지나간다. 속이 보이지 않는 검은 승용차 한 대 지나가고 무거운 짐을 실은 오토바이 한 대 지나가고 유리문을 내린 1톤 트럭이 지나간다. 자동차 매연인지 담배 연기인지 모를 것이 뿌옇게 지나간다.

그는 왼쪽으로 난 숲길로 접어들고 나는 곧바로 난 길을 달음질쳐 올라간다.

왼쪽으로 가든 오른쪽으로 가든 결국 우리는 정방사 돌계단을 올라 낡은 해우소 앞에서 만날 것이다

그의 근심과 나의 근심은 해우소 얇은 나무 벽을 사이에 두고 씨이 울다가 싸아 울다가 결국 비릿한 숲 냄새로 만날 것이다

겹겹이 이어지는 능선을 타고 와 해우소를 지나는 바람이 저 멀리 청풍호까지 실어 나른다는 생각을 하는데

누가 던졌는지 모를 솔방울 하나 굴러 내리는 소리 들린다

우리가 가로질러 오를 수 없는 길을 솔방울 하나가 유유히 굴러내려 가고 있다

노이즈 캔슬링

코끼리 귀도 덮을 것 같아
그가 건네준 헤드셋을 쓰고 음악을 듣는다
영화 속 주인공이 빗속을 달릴 때 배경음악이 되었을 것 같은
언젠가 들은 것도 같은
샹송 가수의 목소리가 귓바퀴를 간질인다
TV에서는 붉은 조끼를 입은 남자가 지금 막 건져 올린 청어를 치켜들고
뭐라 뭐라 입을 벌렸다 오므렸다 한다
맞은편에 보이는 숲속의 집 18호에는
분홍 조끼를 맞춰 입은 여자 넷이 바비 인형처럼
입술을 달싹거리고 있는 것이 보인다
꽁지 긴 새 한 마리가 날개를 쭈욱 늘이고
유리문 밖에서 기웃기웃한다
연두가 부풀어 오른 참나무 속으로 다람쥐 한 마리 달아난다
그 아래, 곱슬 털의 고양이가 눈동자를 반짝거리며 이쪽을 보고 있다
도랑 건너에 핀 산벚꽃 한 잎 날아와
유리에 척 달라붙는다

접싯물에 빠져도 재수 없으면 죽는다

열다섯 살, 되던 해 여름이었을 것이다
꿈속에서 수백 마리의 파리들이 애애애앵 날고 있었다

요란스럽게 날아드는, 날아들어 몸을 간질이는, 긴 앞다
리가 내 몸에 붙어 떨어지지 않는, 밥상 위에 떼거지로 앉아
있는, 썩은 음식에 다닥다닥 알 까놓은, 천장에 거꾸로 붙
어 있는, 죽은 개미를 질질 끌어 나르는 파리, 파리들

파리도 먹고 살아야지
꿈 밖에서 누군가 중얼거렸다

문밖 댓돌 위에는 한쪽 귀퉁이가 떨어져 나간 접시가
놓여 있었고
접시 안에는 자박자박 물에 만 밥알들이 흩어져 있었다
누군가에게 애완 된 파리들이 접시 위에 득실득실 꼬여
들었다

접싯물에 빠져도 재수 없으면 죽는다
득실거리는 파리들 위로 누군가 무심히 내뱉은 말

나는 접시 근처에 떨어진 파리를 톡톡 건드리다
죽었나 살았나 중얼거리며 꿈속을 걸어 나왔다

사바이 가든

골목에 고양이 한 마리가 빈 그릇을 핥고 있다
포개진 화분 안에 담배꽁초 몇 개 보인다
사바이 가든 작은 카페에 나무 걸쇠가 걸려 있다
출입문에 걸려 있는 찢어진 나뭇조각 한 페이지에
　　— 따뜻한 곳으로 겨울나러 갑니다
　　　　　사바이 사바이 —

 흰 글자들이 파도 위에 둥둥 떠 있다
창문에 붙은 횟집 전단지가 이리저리 뒤집힌다
전단지 속 커다란 청어가 앞으로 뒤로 뒤집는다

사바이 사바이
파도 소리 들린다

커튼 사이로 벽에 걸린 긴 숄더백이 보인다
사바이 사바이

창에 비치는 것은 창 앞에 서 있는 나
사바이 사바이

붉은 패턴이 있는 백을 둘러맨 남미풍의 여자
사바이 사바이

내 안으로 모르는 계절이 지나간다

오후 두 시

가온 카페는 테이블마다 만석이다
여자는 한 달씩이나 불이 켜지지 않던 S아파트 102동
501호 쪽을 보고 있다
그녀의 눈이 테이크아웃 한 커피를 들고 길을 건너는 한
여자를 따라간다
창가의 남자는 연신 고개를 끄덕이며 통화를 하고
엄마를 따라 온 여자 아이가 테이블 사이를 뛰어 다닌다

나는 지금 사용하는 핸드폰과 오늘 새로 구입한 폰을 나
란히 놓고 주고받은 카톡 내용을 백업한다 그리고 같은 와
이파이 주소와 비밀번호를 입력하고
폰 아래 숨은 미세한 구멍에 핀을 꽂아
조심스레 유심 칩을 꺼낸다

벽이 없는 방 안의 방
문이 없는 방 밖의 방들이 모여 있는 유심칩은
어느 아파트의 도면 같다

새 폰에 유심칩을 삽입하고 전원을 켠다

내보내지는 데이터가
그 거대한 용량의 기억들이

새 폰의 암실에 저장되고 있다
벗어놓은 옷처럼 기억이 빠져나간 폰의
전원을 꺼버린다

모든 파일에 접근 허용 터치,
백업 완료 터치,
지문이 새 폰에 찍히는 사이

앞 테이블 여자가 앉았던 자리에
가온 카페 쿠폰 9장이 버려져 있다

길

운구차가 횡단보도 앞에 멈춰 선다
몇 대의 검은 승용차가 뒤따라 선다
승용차 사이로 이륜차가 위태롭게 끼어든다

횡단보도 건너편으로 시퍼런 배추 한 트럭이 치렁치렁 실
려가고
떨어진 배춧잎을 *신선한 아침 우유가 밟고 가고
노란 스포츠카 한 대가 납작 질주한다

구급차가 요란한 사이렌을 울리며 끼어든다
길을 건너는 남자의 등산화 한쪽 끈이 풀어져 있다
운구차 쪽으로 고개를 돌리던 그가 모자를 꾹 눌러쓴다

차 위를 날던 검둥오리 떼들이 화르르 하천으로 내려앉
는다
오리들은 도시를 가로지르는 긴 하천을 오르락 내리락거
리며
아득한 하늘의 소리를 퍼다 나른다

저기, 저 국화 꽃잎에

편의점 뒷길, 새벽안개가 은행나무를 반쯤 가렸다
누군지 장대로 은행을 턴다
다닥다닥 붙어있던 은행알들이 후둑 후둑 떨어져
나무 아래 겹겹이 쌓인다
그중 몇은 제 무게에 못 이겨 흘러내리고
몇은 호프집 울타리 틈에 끼이고
몇은 인도를 넘어 아스팔트 갈라진 틈에 나란히 눕고
몇은 구겨진 맥주캔에 부딪혀 검게 멍이 들고

또 몇은 저기,
저 국화 꽃잎에 앉아
움찔움찔 흔들린다

켄터키 치킨

얼기설기 엮은 그늘막 그림자가 그의 얼굴에 얼룩진다
붉은 코에 달라붙었다가 짧은 수염 사이로 흘러내린다

팔뚝에 활짝 핀 장미 한 송이
가시가 있어야 할 자리에 화상의 흔적들이 거뭇거뭇하다

그는 가마솥 앞에서 분주하다
콧노래를 흥얼거리다가 휘파람 불다가 코를 훌쩍거리다
가 고개를 흔들다가
이따금 목뼈를 주먹으로 두드린다

누나, 누나는 예쁘니까 날개 하나 더 담아줄게
다음 장에 또 만나
뜨거운 기름이 거품처럼 하얗게 와글거린다
초벌 한 닭튀김이 한 번 더 튀겨진다
너스레 떠는 그의 팔목에 새겨진
일심이란 글자가 꿈틀한다

덤으로 얻은 닭 날개처럼 파닥거리며 가는 그녀
등 뒤로 움켜쥔 갈색 종이봉투에 점점이 기름이 배어 나
온다

>

저녁나절 그가 앞치마를 벗고 돌아간 뒤 언저리에 말라붙었던 반죽이 부스스 떨어진다

주위를 종일 맴돌던 그의 그림자가 가마솥 깊숙이 걸쳐 있다

그 풍선 인간에 대하여

자동차 타이어 셋이 풍선 인간을 고이고 있다
타이어들 사이에 핀 노란 풀꽃들,
삐뚜름하다

무늬가 없는 슬릭타이어, 비대칭 패턴, V자 패턴,
타이어들의 살이 찢겨나간 자리에 가을비가 박힌다
찢어진 구멍 속으로 검은 물이 흘러 들어간다
개미 몇 마리 비틀거리며 들어간다

그 위에 서 있는 풍선 인간이 긴 팔로
허우적 허우적
허공을 쓸어 담는다
눈과 입이 따로 없다
한통속이다
흐느적 일어섰다가 다시 주저앉아
젖은 팔을 들어 그저 허우적거린다

검은 승용차 한 대가 주유기 옆에 멈추었다가 빠져나간다
풍선 인간의 허리가 뒤로 꺾였다 일어선다

안개비가 마을을 반쯤 지우던 그해 봄 문득 하늘로 날아
갔다고 믿었던 풍선 인간이
  새 옷을 입고 다시 나타나 허우적거린다

4부

장바구니

재래시장이 가까이 보인다
시장 뒤로 병원과 멀리 고층 아파트가 있다 시장 앞으로
회전 교차로가 보인다 건널목 근처에 시내버스가 서 있다

하얗게 꼬부라진 노인이 소설 코너에서 소리내어 책 이름
을 읽는다
기억의 퍼즐, 내 안의 보루, 허공에 기대선 여자, 꽃 같은
시절, 파란만장 내인생, 심장에 수놓은 이야기, 매혹된 혼,
사람이 스테이크라니, 해피 패밀리, 젊은 날의 초상, 황금
비늘, 할머니는 죽지 않는다, 스무 살, 단 한 번의 사랑, 꽃
의 말을 듣다, 기나긴 하루, 비단 길, 노을, 상상놀이
그녀의 손이 피아노 검은 건반을 누르듯 드문드문 책장
을 짚어가다 몇 권의 책을 장바구니가 걸린 끌차에 싣는다

얇은 시집 한 권 펼쳐놓고 나는 온라인 쇼핑을 한다
금장 단추 달린 플리츠 원피스 하나 장바구니에 담고
시 한 편 읽고
3cm 올라가는 구두 하나 장바구니에 담고
시 한 편 읽고
긴 머플러 하나 장바구니에 담고
결제하지 못한 손가락으로
후루룩 책장을 넘기다가 덮는다

>

그녀의 장바구니가 도서관 공터를 지나 회전 교차로를 건
넌다. 꽃 같은 시절이 건너가고 단 한 번의 사랑이 가고 허
공에 기대선 여자가 흔들리고 할머니는 죽지 않는다가 들
썩거리는 것이 보인다

책들이 그녀를 밀고 간다

누군가 카메라 셔터를 누른다

딸기 스무디가 담긴 유리컵을 들어 올려 사진을 찍는다
마디마디 하얀 꽃을 피웠다가 이내 노란 꽃으로 변한다는
금은화 덩굴이 화면 가득 들어오고
돌담 구석이 붉게 물든다

바람이 분다
금은화 가지들이 세차게 휘돈다
꽃잎 떨어진다 한바탕 꿈처럼
꽃 속에서 밤새 헤매었을 나방 한 마리
금은화 흰 꽃잎에 납작 붙어있다
무슨 새 한 마리 나방을 쪼아댄다
누군가 카메라 셔터를 누른다
물었다 뱉었다 분주하던 새가
나방의 몸통만 떼어 물고 달아난다
군데군데 찢어진 날개가 바닥에 붙었다 뒤집힌다

담장 너머 휘어진 덩굴 끝 거미줄에
꽃잎 하나 거꾸로 매달려 흔들거린다

이끼 낀 돌담 틈에 새파란 잎 하나 끼어있다
움직이지 않는다

그 저녁 나는

한적한 호숫가에서
어느 시인의 시를 낭송하고 있었네

이쪽 숲에서 저쪽 숲까지 새들이 날아다녔네
키 큰 물푸레나무에 푸른 반딧불이가 반짝거렸네
머리 위로 노을이 붉게 물들고
몸 깊숙이 노을을 받아안던 그가
물끄러미 이쪽을 바라보았네

호수에서 부는 바람에 온몸이 젖었네
나는 수레를 끌 듯 첨벙첨벙 고요 속을 갔네
무지개, 별, 꽃, 사랑 그리고 이별
시어들이 하나, 둘 그에게 건너갔네

내가 꽃을 높이 들었을 때, 저 멀리
새떼들이 유쾌하게 어둠을 끌고 갔네

그날 나는
어떤 계단 위에 서 있었네

그리고, 잠시 멈춤

휘어진 시곗바늘 모양의 등받이를 가진 의자들이 군데군
데 놓여 있다
허리가 잘록한 여자가 한쪽 다리를 9시 모양의 의자에
올린 채 담배 연기를 연신 뿜어낸다
12시 15분 의자 위에 보라색 캐리어가 기우뚱 놓여있다

바로 앞 대로로 4337 아반떼가 지나가고
7732 아우디가 멈추고 2437 포르쉐가 끼어들고
3396 소나타가 빵, 지나가고 2038체어맨이 후미등을 깜
빡거린다

— 잠시의 정차도 교통흐름 및 안전에 위협이 됩니다
붉은 글씨의 현수막 앞을 888 버스가 지나간다
나는 2시 45분을 가리키는 의자에 앉아
햇살에 드러난 몸을 가리기 위해 흰 비닐우산을 펼친다
채 마르지 않은 빗방울이 시곗바늘에 떨어진다

대형마트 한쪽 벽면을 가린 배우 H가
활짝 웃고 있다
그가 치켜든 엄지 위로 민트색 글자들이 클로즈업 된다

다시,

모든 것을
새롭게

건너편 승강장에 또 777버스가 멈춘다
횡단보도 앞 신호등이 파르르 떨린다

붉은, 단상

그는 분홍 마스크와 분홍 와이셔츠를 입고 붉은 의자에
앉아 있다

어느 회장이 단상에 올라 출판기념 축사를 한다
국졸의 주인공은 엿장수서부터 안 해 본 것이 없다고 88
세로 60년이 넘게 소설을 써 오고 있다고……

긴 인사말이 끝나자 그는 지팡이에 두 손을 포개 얹는다
박수 소리가 돔형이 천장을 뚫을 듯하다
답례를 하려고 일어서자 화려한 조명에 비친 그가 단상을
반쯤 덮는다
나는 카메라 화면 가득 그의 얼굴을 클로즈업한다. 그의
고요한 눈 속에 깊은 계곡이 얼핏 보인다
그가 휘파람을 분다. 해질 녘 어느 먼 골짜기에서 불어오
는 바람 소리 같은

그대… 있노라! 쓰노라! 빛내라!
어느 총장의 짧은 축하 인사에 여기저기서 함성이 터져
나온다

테너 가수가 그리운 금강산을 부를 때 구석자리에 앉은
한 남자가 눈시울을 붉힌다

>

꽃분홍 구두를 신은 낭독자가 그의 소설을 읽는다

연지 찍은 칠순의 사회자는 소설 속 소녀처럼 다소곳이
서 있다

어느 한 구절 놓치지 않으려는 듯 한 여자가 책장을 넘겼
다 덮었다 한다

행사가 끝나갈 즈음

케이크에 꽂힌 초 하나에 수십 명이 입을 모으고 둘러 선다

곧 터져 나올 박수 소리를 미리 들으며

나는 붉은 단상의 끝에서

그들이 화면 밖으로 빠져 나오지 못하도록

카메라를 높이 쳐든다

112-1

버스가 창동 마을에 멈춰 선다
방금 내린 그녀 한 골목길로 접어든다
담장이 없는 마당 한편에서 빨래들이 이리저리 흔들린다
청명주를 빚으며 산다는 그녀의 것일까
하늘하늘한 꽃무늬 원피스가 멀리 우륵 대교 난간을
슬쩍슬쩍 넘나든다
그때, 바람은 얼마나 거세어졌는지
가야금 12줄 난간을 돌고 돌아
천 년 전 우륵이 타던 가야금 소리로 강물에 내려앉는다
거기가 가슴께쯤일까
강물에 퉁퉁 불은 해가 흐물거린다

그 어디쯤 나를 내려놓고
나는 붉게 젖는다

버스가 탄금 대교를 건너
반쯤 젖은 해를 태우고 아득히 멀어진다

西向

오후에는 서향의 저 통유리 건물이 벌겋게 달궈지리라
천지에 흩어진 빛들이 창마다 빛나리라
달궈진 창 앞 달궈진 나무에는 지금
이 도시에서 처음으로 목련 꽃이 피었다

꽃잎은 팔랑개비처럼 파르르 떨지만
간다 가지 않는다 간다 가지 않는다
간다…… 툭툭 떨어지는 저 하얀 꽃잎들

해의 지문이 묻었던 곳이 갈색으로 번져
바닥으로 떨어져 내린 뒤에야
그곳이 꿈이었음을

어떤 것도 흔들 수 없는 무게로 앉아
물끄러미 바라보는

곰배령의 겨울

덕장에 명태가 눈을 뒤집어쓴 채 걸려있다
오후가 되자 바람이 거세게 분다
한 줄에 두 마리씩 나란히 꿰어진 것들이 서로 등을 비빈다
꼬리를 탁탁 치기도 한다
그럴 때마다 눈가루가 부서져 내린다

내가 그것들의 텅 빈 배에 양쪽 귀를 대고
파도 소리를 듣는 사이

놈들은 뻣뻣한 입으로 뭉게구름을 물었다 놓았다 한다
날카롭고 촘촘한 이빨들에 구름이 잘게 찢길 것 같다

나는 덕장 아래 눈을 뭉쳐 눈사람을 만든다
덧붙이고 두드리고 덧붙이고 두드리며
눈사람의 속을 꽉 채운다
까만 숯 덩이로 입도 붙인다
거친 바람이 불어오면 입은 더 깊이 박힌다

어젯밤 〈꽃 별 하얀〉 펜션에서 나를 데리고
곰배령을 넘던 〈하얀 꽃별〉이
　오늘밤은 별똥별이 되어 내가 만든 눈사람 옆에 가만히
내리겠다

죽은 명태가 떼 지어 헤엄쳐 가는 소리가 곰배령 고개를 넘겠다

2월

꿩이 지나가는지 조릿대가 흔들린다
스윽스윽 면도날 스치는 소리

다람쥐 한 마리
작은 바위에 앉아 이쪽을 본다

굴참나무를 쪼아대는 딱따구리 소리가
빚 받으러 온 샤일록처럼 요란하다
(과연 딱따구리는 수액 한 방울 흘리지 않고
심장 가까운 곳의 살점만 떼어 갈 수 있을까)

두툼한 수피에 깊은 골이 패인다
군데군데 구멍이 뚫려 너덜너덜하다
나무 아래 썩은 낙엽이 수북한데
새 부리에 곰보가 된 수피가 떨어져 있다
삭정이들이 여기저기 흩어져 있다

다람쥐 하나
삭정이 위에 앉아 저쪽을 보고 있다

지난해 굴참나무는 왜 열매를 맺지 못했을까

>
쯧쯧 혀차는 사이 무심코 삭정이 한 쪽 끝을 밟는다
그때, 뼈마디 곧추서듯 일어 선 다른 쪽 끝이
종아리를 후려친다
아득히 살아나는 붉은 회초리 자국 하나

껍질이 벗겨져도 다시 생겨난다는 굴참나무 아래서
다람쥐 한 쌍 열매 하나씩 물고 줄달음친다

장날 오후

구경꾼들은 급하지가 않다
파전에 막걸리 한 잔으로 불콰해진 남자
노점 카페에서 천 원짜리 믹스커피로 노곤함을 달래는 노파
한 여자가 멸치 한 줌 덤으로 얹으려고 애교를 떨고 있다
— 이천 원만 깎아줘요
진한 립스틱의 젊은 여자가 하늘색 꽃무늬 원피스를 들고
칭얼거리고 있다
뒤쪽에서 짐꾼들이 파장을 기다리고 있다

나는 무엇을 사야 할지 생각나지 않는 사람처럼
기우뚱 기우뚱
장터를 돈다

한 모퉁이 도니 늙은 벚꽃나무 아래서 수염이 텁수룩한
남자가
뻥을 튀기고 있다
쌀 강냉이 마카로니 콩 보리 율무 갖가지 곡식들이
튀겨질 시간을 기다리며 쌓여 있다
트럭에는 무쇠로 만든 기계가 뜨겁게 달궈지고 있다
문득 그가 타이머를 본다
뻥! 소리보다
뻥이오! 하고 외치는 그의 소리가 더 빠르다

이윽고 검은 기계의 입이 열리고
수십 배로 튀겨진 강냉이들이 펑펑 쏟아진다
벚꽃나무 아래가 벚꽃 잎처럼 하얗다

월악로 6길, 카페 탄지리

직원이 미처 치우지 못한 테이블에
모르는 그가 흘린 커피 얼룩이 묻어 있다
나는 그가 앉았던 자리에 앉는다

이제 막 내가 내려온 월악의 봉우리에 서서
아직도 내려오지 못한 그가
이곳을 바라보고 있는 듯 하다
있는 듯 없는 그
없는 듯 있는 그가
통유리 가득 다가왔다가 멀어 진다

딸기셰이크와 밀크셰이크, 기다란 빵과 큼직한 마들렌
그리고 아메리카노 2잔, 크림 몽블랑과 초코 셰이크 그리
고 앙버터, 다쿠 아이즈와 카페라테⋯⋯
여기저기 그것들을 먹으며 연신 주고받는 얘기
들렸다 안 들렸다 하고
그의 어깨인 듯 부드러운 의자에 푹 묻힌다

해 그림자가 산을 오르다 정상아래서   까맣게 짙어지고
있다
자동차들이 월악로 6길로 하나 둘 빠져 나간다
진열대에는 몇 개의 빵이 흩어져 있고

텅 빈 주차장의 자동차처럼 덩그러니
내가 앉아 있다

지금 이곳은 사각의 진공 속 같아
그들이 떠난 뒤에도 오래 웅성거린다

봄비

나는 지금 시속 80km로 달리고 있다
비는 허공에 수많은 길을 내고
자동차 앞 유리에 부딪히고야 둥글게 뭉친다
유심히 보고 있는 나를 끌고
수 백 개의 빗방울들이 경사면을 거슬러 올라간다
와이퍼가 오른쪽으로 왼쪽으로 바삐 움직일 때마다
빗방울의 파편들이 오른쪽으로 왼쪽으로 밀린다
납작하게 눌렸다 접혔다 펴진다

그들은 언제나 무언가에 밀착하고
쉽게 몸을 섞는다
쉽게 소리 지르고
쉽게 흩어진다

나의 시간 앞에 도착한 것들은
서성거리다 주춤거리다 곳곳에 흔적을 남겼다

와이퍼가 스칠 때마다
어제의 얼룩들이 흘러내리고

나는 안에서도 젖는다

치과에서

햇볕이 들지 않아 묵혀 둔 묵정밭을
포크레인이 파고 있다
언 땅을 깨부수고
심은 적 없는 잣나무뿌리며 깊이 박힌 돌들을 파헤친다
반 백 년 전 어머니의 등을 짬짬이 눕히던 그늘도
지금은 밑동만 남은 늙은 나무도 통째 뽑힌다
헝클어진 뿌리에 검붉은 흙이 묻어 나온다
뿌리 끝에 축축한 것들이 뚝뚝 끊어지며 떨어져 내린다
저 질긴 나무뿌리가 어떤 꽃을 피워 냈던 것일까
움푹 팬 그 자리가 웅덩이처럼 크고 깊다
그 자리에 산목련 한그루 심는다

그때 초승달처럼 아니 그믐달처럼 날 선
어머니의 곡괭이며 호미가
파고 파도 아득하기만 하던 봄을

일당 50만 원의 남자가 포크레인 채 바가지로
툭툭 다지고 있다

아무도 눈치채지 못하게 나는 그 흑백의 풍경 속에 서 있었다

창문에 주간 노인 보호센터라고 쓰인
노란 셔틀버스가 멈춘다

글자들이 점점 클로즈 업 되었다가
시나브로 멀어진다
둥근 바퀴같은 슬픔들이 실꾸리처럼 굴러간다

누에의 까만 속으로
하얀 집을 짜던 그들의 버스가
서쪽으로 서쪽으로 가고 있다

그림자 공동체

하늘재 올라가는 길
큰 나무 아래 늙은 여자가 버섯을 팔고 있다
만 원짜리 표고버섯을 봉지 봉지 쌓아놓은
나무좌판 아래로 발 없는 지네가 지나가고
나뭇잎 위에 나뭇잎
나뭇잎 아래 나뭇잎이 떨어진다
지네와 나뭇잎과 버섯과 나무의 그림자들이
좌판 위에서 색깔을 잃고 덕지덕지 늘어져 있다

그녀의 벙거지 모자며 헤진 운동화의 그림자가
납작하게 펴진다
그것들이 겹친 자리가 짙어진다
너와 나의 등이 처음으로 맞닿았던 그곳이 가장 어두웠
듯이

내려오는 길
그녀도 좌판도 보이지 않는다
그것들이 있던 자리가 헐렁하다

5부

저, 하얀 관능이

화면 속 여스님이 두부를 만든다
말린 콩, 하루 동안 불린 콩, 믹서기에 갈리고 있는 콩들
이 나란히 놓여 있다
믹서기 칼날에 콩 갈리는 소리,
리셋 하라 리셋 하라 어서 리셋 하라
요란하게 외치며 콩이 돌아간다

한 평 남짓한 식탁 위에서
콩, 콩, 콩 튀던 것들이 탕이 되고 있다
흰 거품들이 냄비 뚜껑을 덜썩거린다
거품을 걷어 낸다
탕이 되지 못하고 버려지는 것들
그래, 이렇게 쉽게 끓어 넘치는 것이
거품이 아닐까

간수를 넣고 살살 젓는다
순식간에 모이고 순식간에 흩어지는 것들은 결국 엉겨
붙는다
그것들을 사각의 방에 가두고 나무 뚜껑으로 누른다
삼베보의 세밀한 무늬들이 올 사이를 스며 나온다

두부의 결이 촘촘해 진다
아무렇지도 않게 부드럽다

이사

먼지와 곰팡내로 가득한 외투를 내다 버린다
주황색이 갈색으로 찌든 그의 신발을 버리고
금테 벗겨진 나의 거울을 버린다
잊었던 시간을 더듬으며 다이어리도 버린다
이어달리기를 하듯 줄줄이 익숙한 것을 버린다
종량제 봉투를 내다 놓고 우두커니
지난 시간의 무게를 본다
희미한 잔영들이 어른거리다 사라진다
이삿짐이 나간 자리에 다리미 하나가 뎅그러니 남아 있다
코드가 너덜 해진 채로 구석에 남아 있다

그래 어떤 것은 결국 저렇게 남아
어느 시간 깊숙이 흔적을 남길 것이다

이렇게
높이 이사 온 날

새는 해 뜨는 곳에서 해지는 곳까지 날아가고
나는 황금나무 그려진 새 액자 하나를 걸어두고
못 보던 바람 하나를 휘돌려 휘파람을 분다

뿌리의 집

사무실 개운죽 화분에 물을 주다
마치 병든 것처럼 축 늘어진 줄기가 눈에 들어왔다
그것을 잘라와 물병에 꽂았다
너무나 야윈 것에서
젖니 같은 것이 나왔다
잔뿌리가 자랐다

내가 줄기라 믿었던 곳이 뿌리의 경계였던 것일까
나는 처음 물이 닿는 그곳을 뿌리라 부르기로 한다
혼자서는 버틸 수 없을 것 같은 물의 허공에
발을 내밀고 있는 그것을

별일 아니라는 듯 줄기의

한 구멍을 열고 나와 한 구멍을 지우고
한 구멍 속으로 들어가
한 구멍을 지우는 그것을

뿌리에 작은 기포들이 맺혀있다
땀방울처럼
눈망울처럼

>
물의 허공에
등을 대고 있다

유리병을 흔들어 그것들을 깨운다
내 안에서 출렁이던 것이
울멍지다 이내 지워진다

홍시

가지 끝 홍시 하나
물고 있던 입술을 놓았다
허공에 매달린 어떤 물음들이
떨어져 내리며
바닥을 치고
치밀어 올랐다가는
미끄러지듯 흘러내렸다
애틋하게 쥐었다 펴는
선홍빛 살들이 뭉텅뭉텅 흩어지고
몇개의 씨앗들이 귀를 내밀었다

둔감하다
씨앗이라는 검은 심장
자, 비로소
첫날이다

카푸치노

침상을 내려오면
나는 까치발로 걸어가 그를 내리지요

그러면 과속하던 것들이 내 안 가득 부풀고
연한 몸을 돌돌 말아 가볍게 얹혀요
이윽고 환하고 부드러운 것들이
부풀어 올라 경계를 넘길 기다려요

저렇게 녹아내리는 것들은 왜 어둠이 되나요

빛과 어둠이
서로를 즐기는 밀착을 보고 있어요
어둠도 저렇게 뜨거워질 수 있구나

하염없이 바라보는 나의 안에서
나는 농담처럼 흩어져요

거기

물매화를 키운 적 있었지

촉촉이 고인 물에
물매화 들어와 살던, 여기
꽃대 쑥쑥 자라
하얀 꽃피웠지
못 본척하기엔
눈치 없이 환해
어디 두어야 할지 몰라
거기 걸어 두었지

물매화 잊은 적 있었지

카페 벽에 걸린 액자 속
물매화의 무덤
끝없이 고이는 향기
검은 커피에서 피어나는 하얀 김보다
창백했지
고결이라 했던가
압화 되어 나란히 누운 꽃말이
불빛 따라 새어 나오는

슬쩍 쳐다보게 되는

쓸쓸함 혹은

파란 하늘 가득 채운 호수 위로
나무가 어지러이 흔들리고
젖은 매미 소리 끊길 듯 이어지네요
쪼그리고 앉아 던진
돌멩이의 파문 속으로
나뭇잎이 떨어져요
저 깊은 수심에서 떠올라 너울너울
사라지는 동그라미
그렇게 수없는 파문을 만들고 지우는
수면을 따라
나뭇잎이 흔들리고 흘러가는 동안
걷잡을 수 없이 번지는 생각이 내 안에서 길을 잃고 휘청
이는 동안
어두워지고
낙엽은 흔들리는데
바람은 불지 않았어요

난 아직도 쪼그리고 앉아
나뭇잎이 흔들리는 건
내 마음이 흔들리는 건
바람 때문 만은 아니란 걸 알아요

화살나무

아직은 잎을 틔우지 말아야지

늘 밖에 서서
당신을 향해도 돌아와
내 안 깊이 박히는
이 봄

아직 시위를 당기지는 말아야지

아픔마저 그리워
눈부신
그런 날
비워내고 비워낸 마음 헤집고
툭, 잎새 하나 내밀면
어쩌면 당신 눈길 내게로 향할지도 몰라

밤마다 흔들리다
비로소
내 가지 하나 화살이 되어
당신에게 향하는 날

스치는 눈길만으로도

난 온통
붉게 물들겠지, 속절없이
가을은 또 깊어가고

나는 당신을 바라볼 뿐

야간산행

깔딱 고개를 오른다
한 계단 오를 때마다
나무 한 그루씩 지워진다

바람이 불어온다
끊길 듯 끊길 듯 귓전을 맴도는
석종사 풍경소리
언젠가 보았던 치매 노부부 생각난다
처음 만난 연인인양 손잡고 수줍어하던
서로 까맣게 잊고서야
서로를 찾아가던 부부

지워야 지워져야 내가 되는 오늘
지우지 못해 지워지지 못해
내가 아닌 나로 서있는 여기
끝없이 지나가는 사람들
누굴까

바람이 지나간 자리
내 이름으로 불러 세웠던
너의 시간이 스치고
젖은 허기가 발밑에 떨어진다

\>

어둠이 숲을 지우고
나는 너를 지우고
빈 배낭 메고 돌아오는 저녁
등 뒤로
석종사 종소리 지워진다

나도, 나를 지운다

12월

가시 바람 부는 날 빨간 장미 한 송이
피었습니다
떨구지 못한 마른 잎에도 연골 닮은 가시, 핏기 잃은 꽃잎
위에도 아직 오월이 머물러 있습니다 얼마 전 빨간 립스틱
바르고 잡초 뽑기 용역 나오신 팔순의 할머니 살아내느라
엄두도 내지 못 했다는 빨간 립스틱 팔순에서야 마음 놓고
바르신다며 장미 넝쿨 아래서 잡초를 뽑으시던 "쉬었다 하
세요 할머니" 한마디에 굽은 등 펴며 돌아보시던
그 미소
저렇게 환하게 피었습니다
...

기억 속으로 난 길로 자꾸 가면

며칠째 비가 오다 멈춘 날
하릴없이 걷다 문득 멈춰 서는 곳
가난한 농사꾼의 오두막이여도 좋겠다

노간주나무로 깎아 만든 코뚜레가 외양간 처마 끝에 걸
려 있고
코뚜레에 매달린 엽전이 비바람에 찰랑대고
물기 가득한 울타리 사이로 오리 한 마리 뒤뚱거리고
타닥타닥 솔가지 타고 있는 아궁이
여물 삶는 냄새 하얗게 피어오르는 가마솥

채마밭을 겅중겅중 넘나드는 철없는 송아지 뒷발질에
고추며 가지며 토마토가 밭고랑에 나뒹굴고
열없이 당한 봉숭아 꽃잎들 투두둑 떨어지는데

부랴부랴 농부는 외양간 앞에 주저앉아
쿠뚜레 뚫을 노간주나무 깎는다
둥글게 휘어진 노간주나무가 코 사이를 파고들 때
그 송아지 목 잡힌 채 큰 눈만 끔벅거리다가
눈 깜빡할 사이 코청 뚫린 일 소가 되고

사립문 밖 외길로 등 굽은 노인 하나가
저벅저벅 걸어 나가고

그녀

나는 꽃길을 걸어갔는데 눈길을 걷고 있는 그녀를 만났
습니다
그녀는 바깥을 모르는 듯 낯선 계절 속에 있었습니다

퉁퉁하게 부푼 그녀의 발을 쓰다듬다 내가 속삭였습니다
— 엄마, 창밖에 벚꽃이 날려요
— 어제부터 눈이 많이도 오는구나. 눈길을 걸었더니
발이 시리구나
그녀는 한사코 눈이 온다고 말합니다
침대에 가지런히 놓인 엄마의 발꿈치 앞에
85세 김 * *
붉은 글씨가 붙어있습니다

왔어요 왔어요 …가 왔어요
어디선가 확성기 소리 들리는데
무엇이 온 것인지 무엇이 간 것인지
우두커니 선 채 가늠해 봅니다

그녀의 발이 잠깐 움직이는 듯한데
형광등 불빛 진눈깨비로 날립니다

그리고 나는

영안실에서 눈사람이 된 그녀를 만났습니다

한 겹 한 겹 겹쳐 입은 흰 옷 속으로
낯선 계절이 한 줌 만져질 때
나는 벚꽃 날리는 바깥을 아스라이 잊었습니다

달맞이꽃

모현정 그림자 속에 덤불이 있다
그 속 부러진 나뭇가지에 평생 울지 못하는
암매미 한 마리 붙어있다

창백한 달빛이
달맞이꽃에 가서 짙어진다

달맞이꽃은 푸른 꽃대를 곧추세우고
어딘가로 흘러가는 달빛을 보고 있다

절벽에 노랗게 철썩거리는 강물이
참나무 숲 쪽에서 들리는

쓰으릅 쓰으릅
매미 울음에 갇힌다

밤이 소스라치게 노랗다

비루한 삶을 견디는 날들에 대하여
― 이영선 시집, 『모과의 귀지를 파내다』의 시세계

조동범 시인, 문학평론가

비루한 삶을 견디는 날들에 대하여
— 이영선 시집, 『모과의 귀지를 파내다』의 시세계

조동범 시인, 문학평론가

삶이 비루하다는 것은 부정할 수 없는 명제이다. 그런 만큼 우리는 하루하루 비루한 시간을 견디며 삶을 이어간다. 우리 삶의 비루함은 커다란 불행이나 슬픔과 함께 오기도 하지만 아무것도 아닌 것 같은 평범함 속에 펼쳐지기도 한다. 어쩌면 시인은 이러한 삶의 비루함을 견디는 존재일지도 모른다. 그리고 삶의 비루함을 통해 하나의 문학적 세계를 만들어내는 자일지도 모른다. 그런 점에서 문학은 거창한 서사를 내세우지 않아도 좋다. 오히려 사소한 것들에 주목할 때 문학의 진짜 모습은 우리 앞에 모습을 드러내기 마련이다. 특히 근대 도시에서의 삶은 이러한 비극성을 강화한다. 도시는 편리함만큼이나 불온한 곳이며 많은 순기능에도 불구하고 부정적 인식을 동반하며 다가오는 공간이다. 이런 가운데 문학이 부정의 정신을 통해 비극을 이야기하는 것은 자연스럽다.

이영선 시인의 작품 전반은 비루한 삶의 한가운데를 관통한 기록이자 고백록이다. 그것은 비극의 양상이기도 한데, 이영선 시인은 그중에서도 비루함에 특별히 주목하며 삶의 실체를 드러내려고 한다는 점에서 고유의 개성을 보여준다. 또한 그의 시가 비루함에 주목하는 것은 가식 없는 삶의 진짜 모습을 보여주는 것이라고도 할 수 있다. 우리의 삶은 비루함 속의 치욕을 견디는 시간의 연속일지도 모른다. 그리고 그런 치욕을 견디며 죽음을 향해 한 걸음 한 걸음 나아가는 것인지도 모른다. 문학 작품은 비극을 전제하는 경우가 많다. 이영선 시의 비루함 역시 비극을 근간으로 우리의 폐부를 찌른다. 시는 그런 것이어야 한다. 시의 언어는 삶의 비루함과 치욕이라는 진짜 모습을 보여주며 진정성 있는 삶을 우리 앞에 부려놓아야 하는 법이다.

　　이 도시의 밤은 붉은 십자가에 먼저 도착한다
　　그다음 기다렸다는 듯 러브모텔의 네온사인이 깜빡 깜
　빡 거린다
　　서쪽에는 왼팔이 잘린 십자가가 서 있다

　　그 뒷골목에 있는 화가의 작업실에 가본 적 있다
　　창과 창 사이에 낀 홍매화 꽃잎이 파르르 흔들리는데
　　무엇을 그렸는지 덕지덕지 덧칠해진 그림 위로
　　붉은 나비 한 마리 날고 있었다

　　천왕선녀 점집 붉은 불빛이 사직산로 아래까지 번져 간다
　　이혼 하고 싶다고 주저앉아 우는 여자, 사업 망하고 허

구한 날 술만 마시는데 어디가야 귀인을 만나냐고 다그치
는 남자,

　그들의 눈을 마주하고 천왕선녀가 술술 주문을 외우면
신이 접신하여

　호통치고 겁박하고 얼래고 달래고 한다는데 영험하다는
소문에 굿판도 자주 벌이고 날마다 방울 속 놋쇠 부딪히는
소리가 골목을 돌아다닌다는데

　지금 막 내림굿을 끝냈는지 마당 한편에 떡이며 과일 그
득하고

　무의를 입은 여자가 검은 철제 대문을 비죽이 열고 나
간다

　대문 앞을 기웃대던 노인이 검은 비닐봉지를 들고 골목
길을 올라간다

　　　　　　　　—「가지 사이에서 자란 작은 새처럼 사람들이」부분

　비루한 삶은 음험하고 불온한 밤이 순식간에 공중을 장악
하며 도래하는 것처럼 이 도시에 도착한다. 도시 속 "왼 팔
이 잘린 십자가"는 더 이상 신성의 상징일 수 없다. 도시는
"러브모텔의 네온사인이 깜빡 깜빡" 거릴 뿐이고, 그곳에
는 술 마시며 우는 사람들 뿐이다. 이영선 시인이 펼친 풍경
화는 아무것도 아닌 듯 무심하게 다가오는 삶이 근간을 이
룬다. 그것들은 보잘 것 없으며 남루하고 비루하다. 시인은
그런 것이 바로 진짜 삶이라는 듯 집요하게 파고들며 그것
들을 탐문한다. 그러나 그 삶에 특별한 사건이나 사고는 없
다. 다만 그곳에는 하루하루 견디며 버티는 사소함이 존재
할 뿐이다.

하지만 여기에도 이런 삶을 벗어나고 싶은 욕망은 존재하는 법이다. "귀인을 만나"고 싶은 이들은 "영험하다는 소문에 굿판"을 벌이기도 하지만 그런 일은 쉽게 벌어지지 않는다. 내림굿이 끝난 뒤의 세상이 바뀌지 않았음을 이미 알고 있는 것처럼 일상은 다시 반복될 뿐이다. "대문 앞을 기웃대던 노인이 검은 비닐봉지를 들고 골목길을 올라"가는 무심한 풍경은 우리가 삶을 견디는 모습이기도 하다. 굿판의 음식을 싸가지고 갔을 것임을 짐작할 수 있는 대목에서 일용할 양식의 애잔함이 느껴진다. 이영선 시인은 시의 외부에서 시적 세계를 집요하게 관찰하고자 한다. 그럼으로써 그는 사소함의 미학을 시의 한 극단까지 밀어붙이려고 한다.

10리터 물통이 온수기 위에 물구나무 서서 면벽하고 있다
―이 물 아침에 온 건가?
거꾸로 박힌 물의 시간을 의심하는 그가 온수 꼭지 밑에
사발면을 들이대고 빨간 코크를 누른다
급히 빠져나오려던 물이 물통 속에서 큰 멍울로 솟구치다
가 한 사발 만큼의 물만 빠져 나간다
사발면이 스티로폼 그릇 속에서 탱탱하게 부풀어 오른다

라디오에서 정오의 음악이 나른하게 흘러나온다
쭈뼛거리며 탕비실 문을 연 물류 기사가
―새벽같이 달려도 기름 넣고 할부 내고 나면 굶어 죽
겠네
운임이 적어도 너무 적어, 커피 한 잔 사 마실 돈이 없네

일회용 커피 믹서에 한 잔의 물이 또 빠져 나간다
바닥에 몇 방울 떨어진 커피가 말라가는 사이
몇 번의 문이 열리고 닫히며 몇 사람이 들락거리는 사이
투덜거리던 그가 어느새
입에 종이컵을 새처럼 물고
손을 까딱까딱 거리며 17톤 트럭에 앉아 있다
─「감단 근로직」 부분

역사는 흔히 사건을 통해 이루어진다고 생각하는 경우가 많다. 이에 반해 개인사는 사소함의 영역만으로 치부되며 역사로부터 외면되기 일쑤다. 그러나 쓸모없는 것처럼 다가오는 사소함의 순간들이야말로 역사의 대부분을 이루는 것이다. 「감단 근로직」에서처럼 사발면을 먹거나 일회용 커피를 마시는 일상은 어떠한 사건도 되지 못한다. 그것은 사소함이나 무가치함으로 치부되기 쉬운 삶의 순간일 뿐이다. 그러나 온수 꼭지를 눌러 사발면을 익혀 먹거나 일회용 커피가 담긴 종이컵을 입에 물고 17톤 트럭에 앉는 일을 사소함만으로 치부할 수는 없다. 더구나 그것을 무가치한 것으로 폄하하며 아무것도 아닌, 쓸모없는 것으로 판단할 근거는 어디에도 없다. 오히려 그렇게 의미없이 흘러가는 것이야말로 삶의 진짜 모습이다. 시인은 이러한 삶의 실체를 정확하게 파악하고 있다. 그리하여 무감한 순간을 포착함으로써 우리에게 삶의 진짜 모습을 보여주려 한다.

오늘날 문학은 아무것도 아닌 순간을 포착함으로써 '문학적'인 지점을 확보하게 된다. 길가의 돌멩이에 대해 말하거

나 테이블 위에 놓인 물컵을 이야기하는 것이 바로 문학의 본질이다. 이제 문학은 사건화하지 않음으로써 문학적인 '사건'을 만든다. 이것은 문학을 포함한 예술 전반의 특성이기도 하다. 이영선 시인은 문학적이고 예술적인 장면이 무엇인지 알고 우리에게 그것을 전달한다. 바로 이곳으로부터 이영선 시의 미적 특성과 인식이 시작된다. 그런 점에서 무심한 듯 전개되는 그의 시는 현대성이 첨예하게 재현된 장이라고 볼 수 있다.

불을 끄고 TV를 켠다
드라마 속 의사들이 나누는 대화가 누워있는 노인의 침대 위를 자막으로 지나간다
어른거리는 글자들 사이로 패혈증이란 글자가 지나간다
짙은 어둠이 창밖을 지나간다
고양이처럼 웅크리고 앉아서 그는 채널을 돌린다
화면 가득 축구장이 펼쳐진다
한 손에는 캔맥주를, 다른 손에는 마른오징어 다리를 들고 그는

웅크렸던 다리를 길게 뻗어 공 차는 시늉을 한다, 금방이라도 화면 속으로 뛰어들 것처럼
그가 응원하는 파란 티셔츠는 아직 한 골도 못 넣었다
화면 속 공이 바닥을 뒹굴 때 또 그는 머리를 들이밀고 헤딩을 하다가 빨간 티셔츠 선수를 툭 치며 밀어낸다
창밖에서 유난히 시끄러운 어둠이 들썩거린다
나는 창밖의 어둠 속을 획획 날아다니는 축구공들을 본다

빨갛게 불켜진 십자가들 사이를 축구공이 날아다닌다
어떤 공이 5층 연립 불 켜진 창으로 골인하는 것이 보
인다

그가, 다 마신 맥주캔을 휴지통으로 던진다
골인이다
─「불을 끄고 TV를 켜다」 전문

　이영선 시의 또 다른 개성은 시적 대상과 배경을 해석하지
않고 관찰하려는 객관적인 시선에 있다. 시 속 화자는 "불을
끄고 TV를 켠다". 그리고 시적 대상은 시인의 시선을 따라
지나가고 펼쳐지고 들썩거리고 날아다닌다. 이영선 시의 정
황은 이러한 상태를 그저 제시할 뿐이다. 바로 여기에 이영
선 시의 주요한 특징인 시적 거리가 나타난다. 시는 거리를
통해서 감정을 절제하며 미적 인식을 발생시킨다. 이때 시
적 대상과 시인 사이의 거리는 단순히 감정을 절제하는 기능
만으로 제한되지 않는다. 시적 거리는 한 편의 작품이 지닐
수 있는 시적 완성도와 깊은 연관을 맺는 법이다. 이영선 시
인은 시 언어가 갖는 객관적 거리의 효용과 가치를 잘 알고
그것을 형상화한다. 그럼으로써 그의 작품은 정교하게 구축
된 미적 특질을 부여받게 된다.
　아무것도 아닌 삶의 순간은 해석이 아니라 응시의 방법으
로 파악해야 한다. 그럴 때 시의 감각은 한결 높은 층위의
미학적 완성도를 갖기 마련이다. 무의미하고 무가치한 삶
에 대한 사유를 펼쳐놓는 방식은 상투적인 주장으로 남을
뿐이다. 삶을 파악하고 이해하는 것은 오로지 독자의 몫이

어야 한다. 시인이 시적 사유를 직설적으로 말하며 개입하는 순간 시적 거리는 무너질 수밖에 없다. 이영선 시인은 시적 대상의 상태를 통해 의미의 영역을 확보하고자 한다. 이영선 시인에게 시적 대상의 외적 상태는 기표만으로 국한되지 않는다. 그것은 언제나 그 너머를 수용하고 내장함으로써 기의를 시에 끌어들인다. 일견 건조해보이는 묘사 유형의 문장이지만 절제된 표현은 기계적인 문장으로 전락하지 않고 감각적 세계를 확보한다. 이영선 시인은 묘사와 사유, 상태와 거리가 어떤 경계에 놓일 때 미적 가치와 사유를 제시할 수 있는지 잘 알고 있다.

운구차가 횡단보도 앞에 멈춰 선다
몇 대의 검은 승용차가 뒤따라 선다
승용차 사이로 이륜차가 위태롭게 끼어든다

횡단보도 건너편으로 시퍼런 배추 한 트럭이 치렁치렁
실려가고
떨어진 배춧잎을 신선한 아침 우유가 밟고 가고
노란 스포츠카 한 대가 납작 질주한다

구급차가 요란한 사이렌을 울리며 끼어든다
길을 건너는 남자의 등산화 한쪽 끈이 풀어져 있다
운구차 쪽으로 고개를 돌리던 그가 모자를 꾹 눌러쓴다
—「길」부분

객관적인 거리를 통해 나타나는 이영선 시의 미학은 「길」

에서도 잘 나타난다. 「길」을 비롯한 이영선 시인의 작품은 흡사 오규원 시의 '날이미지시'를 떠올리게도 한다. 대상이 지니고 있는 모습을 가장 객관적으로 제시하고자 하는 시적 의지가 돋보인다. 더구나 오규원의 '날이미지시'가 시적 감흥의 문제에 직면한 것과 달리 이영선 시인의 시는 감각을 통해 감흥의 문제를 해소한다는 점에서 긍정적이기도 하다. 그의 시는 감각적인 언어와 정황을 근간으로 한다는 점에서 시적 감흥을 강렬하게 내장하고 있다. 「길」은 "운구차가 횡단보도 앞에 멈춰" 서고 "몇 대의 검은 승용차"는 그 뒤를 따라 선다. 그리고 "승용차 사이로 이륜차가 위태롭게" 끼어드는 장면으로 시작한다. 이후에 전개되는 장면 역시 시적 정황의 상태와 이미지에 집중한다. 시적 수사를 통해 대상을 꾸미기보다 객관적인 모습만 제시한다. 그럼에도 불구하고 시적 정황은 감각화된 느낌을 자아낸다. 바로 여기에 이영선 시의 매혹이 시작된다. 그의 시는 대부분 시인의 눈에 기대어 언어화되지만 언제나 시지각의 한계를 뛰어넘는다는 점에서 특별한 개성과 깊이를 확보한다.

모과에 핀 얼룩을 손으로 쓱쓱 문지르니
점액질이 끈끈하게 배어 나온다
얼굴에 핀 검버섯처럼
지워지지 않는 얼룩이 반짝거린다

모과의 귀에 면봉을 깊숙이 넣으니
갈색의 가루가 묻어 나온다

너는 그것이 벌레의 똥이라고 우기고
나는 달빛을 밟던 고양이들의 발소리라 하고
천둥소리에 놀라 날아들던 새의 날갯짓 소리라 하고
새벽바람에 잔가지 서로 부딪던 소리라 하고
첫서리 내려앉던 아침 새끼 고라니 울음소리라 하고

면봉으로 조심스레 그것들을 끌어내니
온갖 소리들 잠잠하다
구멍이 깊다

구멍 속에서 노란 벌레 한 마리가
향내 가득한 사막을 건너고 있는 것이 보였다
　　　　　　　　　　　　　—「모과의 귀지를 파내다」 전문

　여기 모과가 있다. 모과라는 대상은 변함이 없다. 그러나
모과를 바라보는 존재가 무엇이냐에 따라 모과는 전혀 다
른 모습으로 다가온다. 그럼으로써 하나의 존재는 서로 다
른 것으로 치환되며 완전한 타자로 분리되기에 이른다. 「모
과의 귀지를 파내다」는 시적 대상의 본질에 집중하고자 하
는 시인의 의지가 드러난 시이다. 바라보는 자의 시선에 따
라 변하는 대상을 제시함으로써 주관적 판단의 문제를 생
각하게 한다. 그런 점에서 이 시는 시인의 시론이라고 할 수
있다. 시인은 스스로 판단하려 하지 않는다. 그것이 "벌레
의 똥"인지 "고양이들의 발소리"인지, 아니면 "새의 날갯짓
소리"나 "잔가지 서로 부딪던 소리", "새끼 고라니 울음소
리"인지 알 수 없지만 시인은 그 모든 가능성을 열어두고자

한다. 그럼으로써 모과의 실체에 보다 가까이 다가서고자 한다. 이영선 시인의 첫 번째 시집 『모과의 귀지를 파내다』 는 그야말로 잘 짜인 시의 집이다. 일관된 시론 속에 시를 축조하는 빼어난 건축가라 할 수 있다.

이 영 선

이영선 시인은 김천에서 태어났고, 2024년 『애지』로 등단했다. 이영선 시인의 첫 번째 시집인 『모과의 귀지를 파내다』는 비루한 삶의 한가운데를 관통하는 기록이자 고백록이며, 다른 한편, 객관적 거리를 통해 주관적 판단을 생략하고 다양한 층위에서 수많은 사건과 현상들을 제시한다. 이영선 시인의 첫 번째 시집인 『모과의 귀지를 파내다』는 그야말로 잘 짜인 시의 집이고, 이영선 시인은 그의 일관된 시론 속에 시를 축조하는 빼어난 건축가라 할 수 있다.

이메일 sunrise054@hanmail.net

이영선 시집

모과의 귀지를 파내다

발 행 2024년 11월 10일
지 은 이 이영선
펴 낸 이 반송림
편집디자인 반송림
펴 낸 곳 도서출판 지혜, 계간시전문지 애지
기획위원 반경환
주   소 34624 대전광역시 동구 태전로 57, 2층 도서출판 지혜
전   화 042-625-1140
팩   스 042-627-1140
전자우편 eji@ji-hye.com
         ejisarang@hanmail.net
애지카페 cafe.daum.net/ejiliterature

ISBN   979-11-5728-557-0 03810
값   10,000원

* 이 책은 충주시, 충주문화관광재단의 후원을 받아 충주문화예술지원사업의 일
  환으로 발간되었음